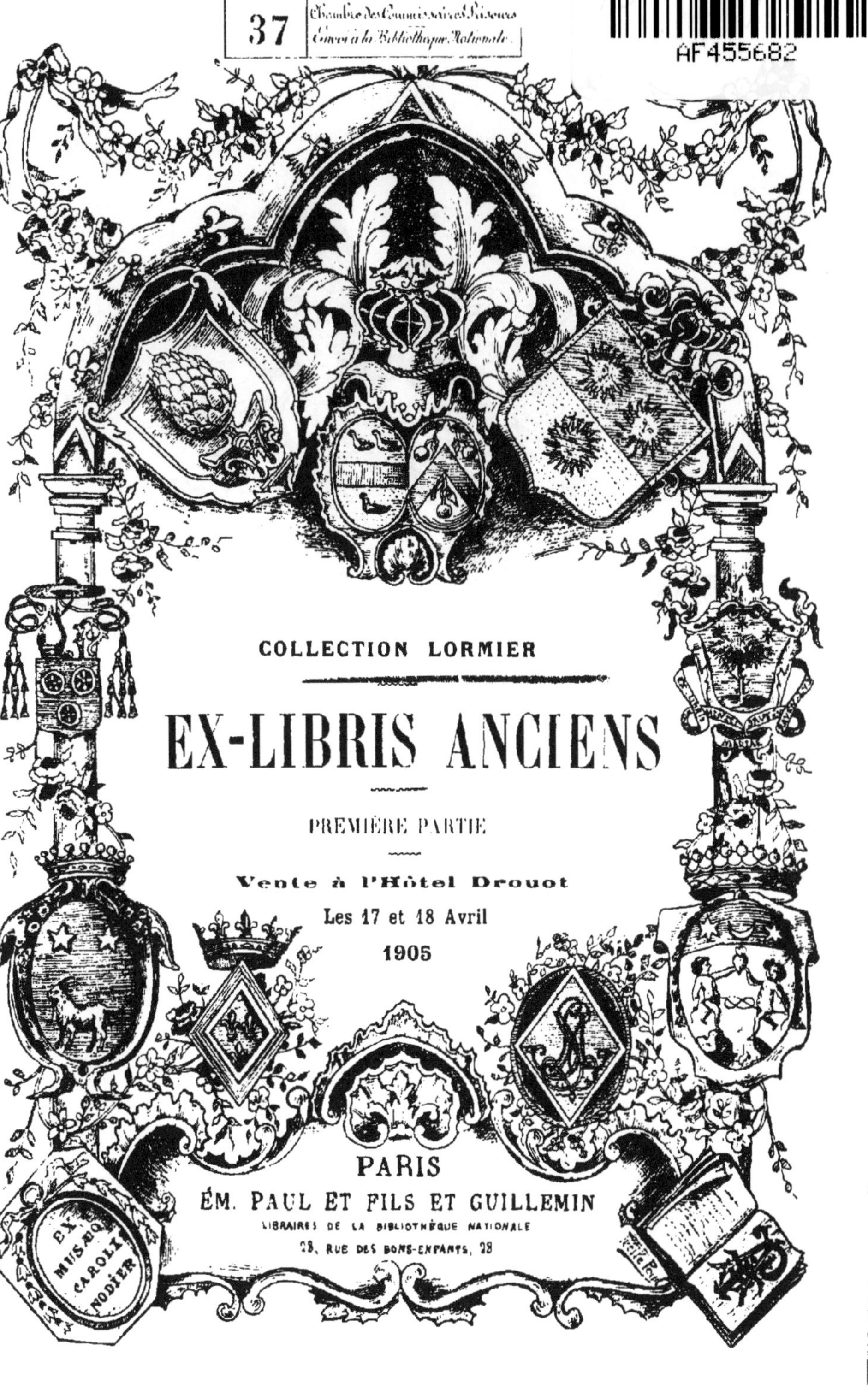

COLLECTION LORMIER

EX-LIBRIS ANCIENS

PREMIÈRE PARTIE

Vente à l'Hôtel Drouot

Les 17 et 18 Avril

1905

PARIS
ÉM. PAUL ET FILS ET GUILLEMIN
LIBRAIRES DE LA BIBLIOTHÈQUE NATIONALE
28, RUE DES BONS-ENFANTS, 28

N° 140 du Catalogue.

COLLECTION CHARLES LORMIER

EX-LIBRIS ANCIENS

PREMIÈRE PARTIE

LA VENTE AURA LIEU

Les Lundi 17 et Mardi 18 Avril 1905

A DEUX HEURES PRÉCISES DU SOIR

A L'HOTEL DES COMMISSAIRES-PRISEURS, 9, RUE DROUOT

SALLE N° 8

Par le ministère de **Mᵉ MAURICE DELESTRE**, Commissaire-Priseur

5, RUE SAINT-GEORGES, 5

Assisté de **MM. ÉM. PAUL ET FILS ET GUILLEMIN**, Libraires-Experts

28, RUE DES BONS-ENFANTS, 28

EXPOSITION PARTICULIÈRE

Du Jeudi 13 au Samedi 15 Avril 1905

28, RUE DES BONS-ENFANTS, 28

De 3 heures à 5 heures

ORDRE DES VACATIONS

Première	Vacation.	— *Lundi*	*17 Avril*	*1905*.......	335 à	378
—	—	—	—	—	190 à	334
Deuxième	Vacation.	— *Mardi*	*18 Avril*	*1905*.......	133 à	189
—	—	—	—	—	1 à	132

CONDITIONS DE LA VENTE

La vente se fait expressément au comptant.
Les acquéreurs paieront 10 pour cent en sus des enchères.

Les Experts chargés de la vente rempliront les commissions des personnes qui ne pourraient y assister.

COLLECTION CHARLES LORMIER
DE ROUEN

EX-LIBRIS ANCIENS

PREMIÈRE PARTIE

EX-LIBRIS FRANÇAIS DES XVIIe & XVIIIe SIÈCLES

PARIS
EM. PAUL ET FILS ET GUILLEMIN
Libraires de la Bibliothèque Nationale
28, RUE DES BONS-ENFANTS, 28

1905

Nº 102 du Catalogue.

EX-LIBRIS

FRANCE

XVIIᵉ SIÈCLE

1. **Anonyme.** (*D'argent au chef échiqueté d'or et d'azur*) ; petit in-8.

Jolie pièce portant aux quatre angles un monogramme formé des lettres *D. N.* — Épreuve à toutes marges.

2. **Anonyme.** (*D'argent au chevron d'or accompagné en pointe d'un arbre de… au chef chargé de 2 croissants d'or*) ; petit in-8.

Belle épreuve à toutes marges.

3. **Anonyme.** (*D'argent, au sautoir de gueules cantonné de 4 couleuvres d'azur*).

4. **Anonyme.** (*D'azur, à l'aigle de sable* (?), *au chef d'argent chargé de 3 trèfles de ...*).

5. **Anonyme.** (*D'azur, au chevron d'or, accompagné de 3 molettes de...*), avec le monogramme *J. L.*

6. **Anonyme.** (*D'azur, à la fasce d'argent chargée de 3 molettes de... et accompagnée de 6 croix d'or*).

Belle épreuve à toutes marges

7. **Anonyme.** (*D'azur, à la palme d'or accompagnée de 3 flammes du même*), avec les monogrammes *C. D. J. S. et D. É. F. S.* (?)

Jolie pièce, rare.

8. **Anonyme.** (*D'azur, à 3 têtes de loup arrachées d'argent*), avec la devise : *In manus tuas Domine sortes meæ*, par *J. de Courbes* ; in-4.

Pièce fort rare décrite par Poulet-Malassis (p. 17).

9. **Anonyme.** (*De gueules, à l'aigle d'argent* ; accolé de : *parti d'azur et d'or à la barre de gueules brochante sur le tout*) ; in-4.

Très belle pièce ; petite déchirure à l'un des angles.

10. **Anonyme.** (*D'hermine, à la bordure d'azur chargée de 10 besants d'or*).

Epreuve à toutes marges

11. **Anonyme.** (*D'or, à l'aigle de sable, au chef de gueules chargé de 2 mains d'argent*) — 2 variantes.

12. **Anonyme.** (*De sable, au sautoir dentelé d'or, cantonné de 4 étoiles du même*), avec la devise : *Præ ope virtus* ; par *J. Toustain*.

13. **Anonyme.** (*De sinople, à 3 molettes d'argent, à la bordure d'azur*), gr. par *G. D.*

14. **Anonyme.** (Un agneau sur une colonne entourée d'une guirlande de laurier, avec la légende : *Si : No*).

15. **Anonyme.** (*Deux chandeliers accompagnés en tête d'une étoile et en pointe d'un maillet*).

16. **Anonyme.** (*Une épée et une plume en sautoir, chargés d'un bouclier d'azur portant un oiseau d'or, le tout surmonté d'un lambel*) ; in-8.

17. **Anonyme.** (*Une fasce chargée de 3 croix de gueules, accompagnée en chef d'un soleil et en pointe de 2 cigognes et d'un mouton*), avec la devise : *Sine vi obsidebo*.

Curieux ex-libris d'une abbaye.

18. **Anonyme.** (*Ecartelé : aux 1 et 4, d'argent, à la bande d'azur ; aux 2 et 3, d'argent, au chevron de gueules accompagné de 3 trèfles de sinople*), supports 2 licornes ; in-8 en largeur.

19. **Anonyme.** (*Ecartelé : aux 1 et 4, d'argent au chevron de gueules, accompagné en chef de 2 cœurs et en pointe d'une ancre du même ; aux 2 et 3, d'azur, au chevron d'or, accompagné de 3 coquilles du même*).

20. **Anonyme.** (*Ecartelé : aux 1 et 4, d'azur à 2 épées en sautoir accompagnées de 3 étoiles ; aux 2 et 3, d'or à 2 fasces de gueules accompagnées en pointe d'un renard (?) d'argent*), gr. par *Alexandre*.

21. **Baillard des Cours.** — 2 pièces différentes, dont une anonyme par *R. H. F.*

22. **Balandone** (de), procureur-syndic ; petit in-8.

Belle épreuve à toutes marges.

23. **Bardin** (Jean), prêtre ; in-4.

Rare.

24. **Bardin** (Jean), prêtre ; in-12.

Très rare.

25. **Bertheaume**, gr. par *J. Toustain*.

Petite déchirure à l'un des angles.

26. **Bigot** (Emeric).

Rare.

27. **(Bigot)** (Jean). — 2 pièces in-16 et in-12.

Etat avec le chevron chargé d'un croissant d'argent.

28. **Bigot** (Louis-Emeric) ; gr. par *B. D.* — 2 pièces différentes in-16 et in-12.

29. **Bigot** (Robert), gr. par *J. Toustain*.

Très rare.

30. **(Bigot de Monville).** — Bigot de Graveron. — 2 pièces dont une en largeur.

31. **(Bonvoust d'Aunay ?)**, en Normandie.

Jolie pièce, très bien gravée.

32. **Boullays** (Jacques), seigneur de Crèvecœur, par *P. Giffart.*

N° 23 du Catalogue.

33. **(Brinon,** Sr de Fermanville); petit in-4.

Rare.

34. **(Brodart),** (en Champagne), gr. par *J. Col. (in).*

35 **Bulteau de Préville** (Pierre), par *P. Giffart.* — 2 pièces in-12 et petit in 4.

36. **Cavelier** (Henri), par *R. H.* ; in-4.

Superbe épreuve, à toutes marges, de cette pièce très rare.

N° 36 du Catalogue.

37. **Chalon** (Mademoiselle de), par *Hammerville* ; in-8.

Très rare.

38. **Charreton** (gr. par *Jean Picart*).

Jolie pièce.

39. **(Chatillon,** seigneur d'Argenton ?), in-4.

Superbe épreuve de cette belle et très rare pièce.

41. **(Clerel de Rampan,** conseiller au Parlement de Rouen).

42. **(Coignard du Petit-Camp),** conseiller au Parlement de Rouen ; in-4.

Très belle pièce.

43. **Collot** (Jérôme), chirurgien, lithotomiste royal ; in-4.

Très belle pièce ; très rare.

44. **(Corberon).** — 2 pièces in-16 et in-4.

45. **Courtois** (Louis).

46. **Crémeaux d'Entragues** (Louis-César de). — 2 variantes.

47. **Dacquet** ; petit in-8.

Pièce très rare définitivement classée parmi les ex-libris. C'est l'un des plus anciens du XVIIe siècle et son titulaire a dû en graver plusieurs autres, car deux pièces de cette collection portent sa signature. (Voir les n°s 51 et 102.)

Superbe épreuve à toutes marges.

48. **Dogny** (Nicolas), par *J. Collin.*

49. **Douay du Prehedrez,** par *Heimm* ; in-18.

Petite pièce peu commune.

50. **(Du Bellay).**

Epreuve à toutes marges.

51. **(Du Bosc d'Ermival),** en Normandie. — 2 pièces différentes dont une par *Dacquet.*

Pièces très rares.

52. **(Du Bosc d'Ermival),** gr. par *de La Roussière* ; grand in-8.

Pièce fort rare. — Superbe épreuve à toutes marges.

53. **Du Four** (L.), conseiller en la Cour des comptes de Normandie ; petit in-8.

Epreuve à toutes marges.

N° 43 du Catalogue.

54. **Estrades** (J.-B. d'), évêque de Condom : petit in-4.

55. **Félibien** (André), historiographe du Roy. — 2 variantes in-12 et petit in-8, datées de 1650 et 1669.

56. (**Feydeau de Brou**).

57. (**Fleury**) (l'abbé), bibliophile normand, gr. par *N. Picart* : in-8.

58. **Fougeroux d'Angerville.**

Épreuve à toutes marges.

59. **Frizon de Blamont.** — 3 pièces différentes.

Une pièce avec casque et lambrequins, anonyme ; une datée de 1694 et la troisième, gr. par *J. Le Roux*, datée du 14 août 1704.

60. **Gaulard** (de).

Jolie pièce ; rare.

61. **Geoffroy** (Math.-Fr.), doyen et chef de la corporation des pharmaciens parisiens, gr. par *Duflos*, d'après *Séb. Le Clerc* : in-8.

Très jolie pièce. — Épreuve sans marges.

62. **Godefroy** (Denis). — 2 variantes in-12 et in-8.

63. **Godrans** (Collège des), à Dijon ; in-12.

64. **Grante** (J.) ?

65. **Gréard** (Louis) ; in-8.

Belle épreuve à toutes marges.

66. **Hallé** (Barth.), prêtre à Rouen, par *M. P.* ; in-4.

Rare. — Superbe épreuve à toutes marges.

67. **Hallé** (Barth.), prêtre à Rouen, par *M. P.* ; pet. in-8.

Très rare.

68. **Harache** (l'abbé Clément).

Jolie pièce à toutes marges.

69. **Hellouin de Menibus** (M.-A.), avocat général au Parlement de Normandie.

70. (**Hérault**), conseiller au Parlement de Rouen.

N° 66 du Catalogue.

71. **Horcholle** (Th.), prêtre et curé doyen à Rouen ; in-8.
Belle épreuve à toutes marges.

72. **Huet** (Pierre-Daniel), évêque d'Avranches, 1692. — 3 variantes in-12, in-8 et grand in-8.

73. **Joigny** (C.-G.-F. de), par *J. Toustain*.
Très rare.
Premier état : d'argent au lion de sable.

74. **Joigny** (C.-G.-F. de), par *J. Toustain*.
Deuxième état, avec une rose de gueules adextrant le lion.

75. **Jolly** (C.), pet. in-12.
Belle épreuve à toutes marges.

76. **La Fosse** (François) (don à la Bibliothèque de l'Eglise de Rouen), gr. par *J. Toustain* ; in-8.
Rare. — Superbe épreuve à toutes marges.

77. **La Haye de Basinville** (de). — La Haye des Fossés. — Ensemble 2 pièces.

78. **Lamare** (Antoine de), seigneur de Chenevarin ; in-4, avec la description typographique des armes ajoutée.
Premier état : Avant le monogramme et avec la devise *manuscrite* en caractères grecs.

79. **Lamare** (Antoine de), seigneur de Chenevarin ; in-4.
Deuxième état : Avec le monogramme et la devise gravés.

80. **Lamare** (Antoine de), seigneur de Chenevarin ; in-8.
Epreuve portant la description typographique des armes.

81. (**La Moignon**) (François de), président au Parlement de Paris.

82. **La Place** (Nicolas de), abbé de Saint-Etienne (et de Val-Richer).
Très rare.

83. (**Larcher**) (abbé de Cisteaux ?)

84. **Lasoudextrie** (de), avocat au Parlement ; petit in-8.
Epreuve un peu rognée.

85. (**Le Boullenger du Tilleul**), en Normandie.

86. **Le Carpentier,** maître des Ouvrages.
Rare. — Belle épreuve à toutes marges.

N° 73 du Catalogue.

N° 74 du Catalogue.

87. (**Le Cordier de Bigars**) (ecclésiastique).

88. (**Le Cornier,** seigneur de Cideville) (Pierre), conseiller au Parlement de Rouen ; in-8.

89. **Le Fèvre** (Robert), maître en l'art d'écrire, 1697 ; in-8.

Très belle pièce.

90. **Maneval** (Louis de), conseiller au Parlement de Normandie, par *C. M.* ; petit in-8.

N° 82 du Catalogue.

91. **Mareste** (Antoine de), avocat général en la Cour des Aides de Normandie : in-4.

Belle épreuve de cette pièce rare.

92. (**Mareste**) (Antoine de). — 2 variantes in-12 et in-8, dont l'une gr. par *H. D.*

93. **(Mareste)** (par *J. Toustain*). — 2 états différents.

94. **Marissal.**

Jolie pièce.

95. **Mébérenc** (Bouchard de).

Belle épreuve à toutes marges.

96. **Merlet** (Jacques), avocat au Parlement. — 2 variantes.

Petit trou à une pièce.

Nº 104 du Catalogue

97. **(Motteville)** (de), membres du Parlement de Rouen. — 3 pièces différentes dont une in-8 du XVIIIe siècle.

98. (**Paviot,** conseiller au Parlement de Rouen). — 3 pièces différentes, dont une par *J. Toustain.*

99. **Pellot** (B.-B. de), premier président au Parlement de Normandie, gr. par *J. T.* (*Jean Toustain*) ; petit in-8 en largeur.

Epreuve intacte, avec marges ; rare en pareille condition.

100. (**Picquefeu**); in-12 en largeur.

Belle épreuve à toutes marges.

101. (**Quiquebeuf de Rossy**), en Normandie. — 2 épreuves en en noir et *en sanguine*.

102. (**Raye**), par *Dacquet*; in-4.

Superbe épreuve de cette pièce très rare.

103. **Richomme de La Mare**; in-8, avec description typographique des armes.

104. **Rolet** (Jean), marchand à Rouen.

Très jolie pièce ; rare.

105. **Rovalle du Boisgiloust** (Fr.-Paul), conseiller du Roi ; grand in-8.

Très rare.

106. **Ruffier** (Claude), questeur à Lyon ; in-4.

Belle pièce, rare.

107. **Sainte-Marie** (A.-C. de), marquis d'Auvers.

108. (**Scot de La Mésangère**) (Guillaume), conseiller au Parlement de Rouen ; in-4.

Rare.

109. **Serais**, avocat, par *Nion*.

110. **Seraucourt** (Jos.-Nic. de), vicaire général de l'Eglise de Rouen ; in-8.

Belle épreuve à toutes marges.

111. **Theroulde** (Louis), conseiller au Parlement de Normandie — 2 variantes in-12 et in-8.

112. (**Tiremois d'Hequerville**) (Jean), conseiller au Parlement de Rouen, gr. par *Regnault* ; petit in-4.

Très belle pièce ; rare.

113. **Tronel** (Robert), chanoine de l'Eglise de Rouen, par *J. Toustain*.

114. **Turmenyes** (de), procureur du Roi, à Beaumont-sur-Oise ; in-8.

115. **Vigneral** (Guillaume de), conseiller au Parlement de Rouen ; petit in-4.

Belle épreuve à toutes marges.

N° 106 du Catalogue.

116. (**Amonville de Groham**). — (Becdelièvre de Quévilly). Eustache Bousselin. — (Canteleu). — Pierre Brumoy. — (Hinselin). — Quatre anonymes. — Ensemble 10 pièces.

117. (**Bignon**). — (Boussac). — Boutaudon. — Carpentier. — Nic. Carré, chanoine à Rouen (épreuve découpée). — Caumartin, — Caumartin de Saint-Ange. — (Charpentier). — Courtin de Perreuse. — (J.-B. Cusset). — Du Chemin de la Tour; 2 variantes. — Ensemble 12 pièces.

N° 123 du Catalogue.

118. **Guillou** (Jean). — Le Gendre. — Mainssonnat. — (Mareschal de Longeville). — Léonard Michon. — Chapitre de Reims; in-18. — Nic. Robinot. — (Gratien Sarrau). — Sevrey. — Thomas du Fossé. — Nic. de Tralage. — Louis de Vienne, par *J. Gossel*. — Ensemble 12 pièces.

119. **Anonymes**. — 8 pièces.

Deux pièces ont pour devises : *Peregrinus ubique*, et *Radiis quos fovet ille suis*.

XVIIIe SIÈCLE

120. **Aine** (J.-B.-Nic. d'); gr. par *P.-L. Cor*: in-8.

121. (**Albert de Luynes,** duc de Chevreuse); 3 pièces différentes, dont une (avec les 10 drapeaux) gr. par *Roy*; plus une étiquette manuscrite. — Ensemble 4 pièces.

122. (**Albon**) (Madame d').
Epreuve à toutes marges.

123. **Alleray** (Madame d'); gr. par *Louise Le Daulceur*, d'après *Durand*.

124. (**Ancezune de Caderousse**), par *L. Legrand*; in-12 tiré in-8.
Epreuve à toutes marges.

125. **Anonyme.** (*D'argent au cerf de...*), avec les initiales *J. L. C.*
Curieuse et jolie pièce.

126. **Anonyme.** (*D'azur, à 3 bandes d'argent, au chef fleurdelisé*), gr. par *J. Aliamet*, d'après *Ch. Eisen*; in-12 en largeur.
Charmante pièce.

127. **Anonyme.** (*D'azur, au chevron d'or accompagné de 3 étoiles d'argent*; accolé *d'or, à la bande de sable, au chef d'azur chargé d'une aigle tenant une couleuvre dans ses serres*).
Jolie pièce finement gravée.

128. **Anonyme.** (*D'azur à la fasce d'or accompagnée en chef de deux quintefeuilles et en pointe d'une canette ?*), l'écu entouré de roses et supporté par trois amours; par *P. Campion*; petit in-8.
Epreuve légèrement tachée.

129. **Anonyme.** (*Tranché d'or et de gueules à 2 couteaux d'argent*). par *Kauperz*.

130. **Anonyme.** (Un jeune homme étendu sous un arbre et lisant, avec la devise: *Fallitur hora legendo*), gr. par *O.-H. de Lode*; in-12 en largeur.
Charmante composition.

131. **Anonyme.** — Pièce avec attributs maçonniques, gr. par *Jacques*.
Très curieuse pièce. — Dans un cartouche on lit le nom manuscrit de *Raparlier*.

132. **Anonyme.** — Sujet champêtre, avec la devise : *Credo. spero, tego, sapio, beata*, gr. par *Jacques*, à Rouen ; in-4.

Magnifique pièce de la plus grande rareté.

133. **Archambault** (D.-D. d'), gr. par *Sergent-Marceau*, à Chartres, 1778 ; in-8.

134. **Arconville** (Mme d'), gr. par *Louise Le Daulceur*, d'après *Eisen*.

135. **Aubry** (Jean-Thomas), docteur en théologie. — 2 pièces différentes, dont une par *Martinet*.

136. **Bailleul** (Ch.-Pierre de), marquis de Chateaugontier (Norm.) — 2 pièces dont une in-12 au pochoir et l'autre anonyme, gravée et tirée in-8.

137. **Beaunay-Dutot** (Mme l'abbesse de).

Très jolie pièce.

138. (**Bec-Hellouin**), abbaye de l'ordre de Saint-Benoît, diocèse d'Evreux. — 2 variantes.

139. **Bellehache** (le Chevalier de), officier de cavalerie au Régiment d'Artois, 1771 ; petit in-8.

140. (**Beringhen**) (le marquis de), par *S. le C.* (*Sébastien le Clerc*); in-4.

Très belle et très rare pièce. — (*Voir la dernière page de la couverture.*)

141. (**Béthune, duc de Charrost**), gr. par *Tardieu*, d'après *Tharsis* ; petit in-8.

142. **Bidault,** gentilhomme de Mgr. le Comte d'Artois. — 2 variantes.

143. **Boisot** (Claude), chanoine à Besançon.

144. **Boizé** (le comte Claude de), par *L. Legrand*.

145. **Bourbon** (Louise-Adélaïde de).

Rare.

Rot. pin *Jacques Sculp. inv.*

N° 132 du Catalogue.

146. (**Bourbon-Malause,** née de Maniban), (Mme de) : in-12 en largeur.

Rare.

147. (**Bouvard de Fourqueux**) (ecclésiastique). — De Fourqueux, procureur général ; 2 variantes. — Ensemble 3 pièces.

148. **Briois de Sailly,** par *J. G. D. Merché ;* in-8.

149. **Boulmiers** (J.-Aug.-Julien des), ancien capitaine de cavalerie : in-8.

N° 146 du Catalogue.

150. (**Bouthillier**). — 3 pièces différentes, in-16, in-12 et grand in-8.

151. **Boyveau** (P.). *Dr en médecine connu sous le nom de l'Affecteur.* — 2 variantes.

Les armes de la première pièce sont surmontées d'une couronne ; celles de la seconde (très rare) d'un *bonnet phrygien.*

152. **Buissy** (de), par *P.-P. Choffard ;* 1759.

153. **Camus de Pontcarré de Viermes** (J.-B.-E.), conseiller au Parlement de Paris. — 2 variantes in-12 et petit in-4.

154. **Cannac** (P.-P.). — 2 variantes petit in-8.

N° 161 du Catalogue.

N° 169 du Catalogue.

155. **Carré** (Nicolas), chanoine à Rouen, par *F. Cars*; petit in-8.

156. **Champcenetz**; in-8.

157. **Chateaugiron** (J.-M. de).

Joli petit intérieur : un prêtre lisant dans son cabinet de travail.

158. **Chateaugiron**; in-16 en largeur.

159. **Cherier** (Claude), ancien abbé de Chatelcensoy; in-8.

Très jolie pièce.

160. **Claret de la Tourette**; 2 variantes datées de 1719 et 1740. — Le Chevalier de Fleurieu. — Ensemble 3 pièces.

161. **Clavier** (Etienne), avocat au Parlement de Lyon; in-8.

Très jolie pièce; rare.

161 *bis*. (**Clérot ??**). — 2 pièces in-8.

Bel ex-libris de la fin du XVIIe, ou des premières années du XVIIIe siècle, que M. de Burey a attribué sans preuve à un amateur du XIXe. Les deux épreuves ci-dessus sont tirées sur *papier ancien* et l'une d'elles porte une *signature manuscrite du XVIIIe siècle*, sans doute celle d'un second possesseur de l'ouvrage sur lequel l'ex-libris était collé.

L'attribution certaine du propriétaire de cette pièce est donc un problème encore à résoudre.

162. **Clinchamp-Bellegarde.**

Epreuve à toutes marges.

163. **Comeau de Satenot** (Ant.-Bern.), par *Mauriset.*

Curieuse pièce.

164. **Coppette** (P.-Franc.). — Tancg. Gale. — Ensemble 2 pièces.

165. **Coqueley de Chaussepierre**; petit in-8.

166. **Cossé** (le Chevalier de); in-12. — Le Duc de Brissac, par *George*: in-8. — Ensemble 2 pièces.

167. **Crosville** (le Président de): petit in-8.

168. (**Crozat**, baronne de Thiers) (Mme de), née de Montmorency-Laval, par *F. Boucher*; in-8.

Jolie pièce.

169. **Cuzieu** (Denis de), capitaine de cavalerie.

Jolie pièce.

170. **Descamps** (J.-B.), par *N. Le Mire*. — 2 états différents.

N° 472 du Catalogue.

N° 179 du Catalogue.

171. **Deschamps de Saint-Amand** (Jacques). — Deschamps des Tournelles, gr. par *Moreau.* — Ensemble 2 pièces.

172. **Desmares** (Jacques), président au Parlement de Paris, par *C.-S. Gaucher*; in-8.

Très belle pièce. — Epreuve à toutes marges.

173. **Dorat de Chameulles** (Claude), gr. par *Fouquet.*

174. **Du Canderon** (le lieutenant).

175. **Dufay de Carsix.**

Jolie pièce.

176. (**Durand de Missy**), évêque d'Avranches, par *H. F. A. R.*; in-12 en largeur.

Epreuve à toutes marges tirée in-8.

177. (**Estièvre de Trémonville**), accolé de Brevedent, par *C.-L. Corneille.*

178. **Ernon** (T.-J.-P.), docteur-médecin ordinaire de S. A. R. le comte d'Artois; petit in-8.

179. **Eu** (Bibliothèque du Collège d'), fondée par le duc du Maine, en 1729; in-4.

Superbe épreuve à toutes marges.

180. **Fauconpret de Thulus** (de), par *Helman.* — Saunier du Lac. — Ensemble 2 pièces *tirées en bleu.*

181. **Favart d'Herbigny,** chanoine de l'église de Reims.

182. **Fays,** *par son fils*, en 1784.

Jolie pièce.

183. **Foissey** (Alexis), à Dunkerque, gr. par *Thérèse Brochery.*

Deuxième état, très rare, avec la couronne remplacée par un niveau maçonnique.

184. **Forbin de Sainte-Croix**; 1751. — J.-B. Gastaldy, 1752. — Ensemble 2 pièces gr. par *Feyrier.*

185. **Fortaire** (Jean-Baptiste) ; in-12 en largeur.

Premier état : Avec le nom du titulaire seul.

186. **Fortaire** (Jean-Baptiste) ; in-12 en largeur.

Deuxième état : Avec les noms des quatre vertus et les trois vers.

N° 185 du Catalogue.

N° 186 du Catalogue.

187. (**Fréminville**), trésorier général des Invalides.
Charmante composition. — Rare.

188. (**Froment de Champlagarde**), bailli de Versailles au moment de la Révolution, gr. par *P. C. J.* en 1785.
Jolie petite pièce.

189. **Fulchiron** (Am.-Gabr.) ; in-8.
Très jolie pièce.

190. (**Fuligny Damas**) (Marie-Gabrielle de Pons-Praslin, comtesse de), gr. par *Cl. Roy* ; petit in-4.
Belle épreuve à toutes marges.

N° 187 du Catalogue.

191. **Gabillon** (de) ; petit in-8.

192. **Gallois de Marquerville,** avocat général et maire de Rouen : 2 variantes. — Le Président Gallois, par *Nicole*, à Nancy, 1762. — Ensemble 3 pièces.

193. (**Gantès**), gr. par *Lemaire* ; in-12 en largeur.
Pièce rare, non citée dans l'étude de M. Georges Sens (*Archives*, 1903, pp. 83-86).

194. **Godard** (J.-J. Fr.), prêtre et professeur à l'Académie de Caen ; 1761.
Jolie pièce, très rare.

195. **(Gontaut-Biron)**, par *Durig*.

196. **Guenet-Delouye** (Mme l'abbesse L.-E.).

197. **(Guéroult)**. — (GUÉROULT) DE BOUTEMONT. — (GUÉROULT DU SAUSSAY, conseiller au Parlement de Rouen). — Ensemble 3 pièces.

198. **Gueulette** (Thomas), gr. par *H. Becat*; in-8.

Curieuse et rare pièce.

N° 188 du Catalogue.

199. **Gueulette** (Thomas), dessiné et gravé à l'eau-forte par *Bellanger*; in-12 en largeur.

Pièce curieuse, tout aussi rare que la précédente.

200. **Guiot** (Joseph-André), secrétaire de l'Académie de Rouen, curé à Corbeil, 1800; in-8, avec portrait du titulaire.

201. **Haillet du Fossé** (Guillaume); 3 variantes dont une par *J.-T.* et une par *Corneille* (avec nouveau nom manuscrit remplaçant le nom gravé). — THOMAS DU FOSSÉ. — Ensemble 4 pièces.

202. **Havé** (A.-J.), par *V. de S****, 1761; in-12 en largeur.

Rare et curieuse pièce.

203. **Hébert** (J.-N.), chanoine à Rouen, par *Gouël*, 1777; petit in-8.

204. **Homblières** (abbaye de), ordre de Saint-Benoît, diocèse de Noyon.

205. **Hue de la Roque** (Jean), archevêque de Rouen et primat de Normandie, gr. par *J.-D. Beleau*, à Rouen, en 1724; in-8.

Très jolie pièce. — Rare.

206. **Isambert** (J.-J.), par *N. Le Mire;* petit in-8.

Belle épreuve à toutes marges.

N° 200 du Catalogue.

207. **Jamelin** (P.-C.), prêtre; 1792.

Curieux ex-libris à sujet macabre.

208. **Jarente d'Estanville,** par *Le Maître.* — 2 états, dont un AVANT LA LETTRE.

209. **Jaume** (Fr.-Thomas); in-8.

Épreuve à toutes marges.

210. **Jaume** (Fr.-Thomas); in-8, avec la cache portant le nom de GRONDARD.

211. (**Joubert,** trésorier des états de Languedoc). — 2 variantes dont une très rare.

Mouillure à une pièce.

212. **La Blandinière** (P.-J.-Ch. de); in-8.

213. **La Bunodière** (Laurent-Marc-Ant. de), seigneur de Saint-Guillaume et de Bourville, président au Parlement de Normandie. — 2 pièces, dont une in-12 (tirée in-4) gravée, et une in-4 *dessinée à la plume et coloriée.*

214. **La Flize** (D.), docteur en médecine, gr. par *Collin*, à Nancy; in-8.

Troisième état, avec la légende en cinq lignes.

215. **La Haie** (le Chevalier de), roi d'armes de France.

216. **La Ménardière** (de). — 2 variantes in-16 et in-8 en largeur.

Petite cassure à une pièce.

217. **La Montagne** (F.-G. P.), prêtre.

Jolie pièce avec étole encadrant un gracieux monogramme.

218. **L'Ange de la Maltière;** in-8.

Curieuse pièce.

219. **Langlois** (Jean-François), chanoine de l'église de Verdun.

220. **Langlois de Louvres,** avocat au Parlement de Normandie. — 5 variantes datées de 1720 à 1731, dont une gr. par *Villers.*

221. **La Poterie-Pommereux** (L.-M.-C. de).

222. **(Larchier)** (Mme de), née Roquilly de Croville, gr. par *Jacques*.

223. **(La Rochefoucauld).** — LA ROCHEFOUCAULD, archevêque de Rouen. — ROYE DE LA ROCHEFOUCAULD. — LA ROCHEFOUCAULD-LIANCOURT; 2 variantes. — Ensemble 5 pièces.

224. **Lathem** (van). — 2 variantes, dont une par *Lemaire.*

Petite déchirure à l'angle d'une pièce.

225. **(La Tour d'Auvergne);** in-16.

Petite pièce peu commune.

226. **La Tourelle** (Mme de); in-18.

Petite pièce peu commune. — Epreuve à toutes marges.

227. **(La Trémoille)** (duchesse de), née Victoire de La Tour d'Auvergne, par *Tardieu fils*.

228. **Laumonier** (avec la devise : *Le pauvre désire Laumonier*).
Belle épreuve.

229. **Laus de Boissy** (de). — 4 variantes dont deux in-12 et deux in-8.

230. **La Valette** (l'abbé Jean de).

231. **(Leblanc)** (l'abbé), gr. par *Galimard*, d'après *Cochin*.

232. **Le Camus de Néville,** conseiller du Roi ; in-8.
Très belle pièce.

233. (**Le Carpentier d'Auzonville,** conseiller au Parlement de Rouen) ; in 8.
Très belle épreuve.

234. **Le Cat,** chirurgien en chef de l'Hôtel-Dieu de Rouen, gr. par *Hérisset* ; in-12 en largeur.

235. **Lecauchois ;** petit in-8.

236. **Le Chandelier,** par *Poitevin*.
DESSIN ORIGINAL au lavis.

237. **Le Chandelier,** gr. par *Gouël*, en 1778.

238. **Le Couteulx** (Antoine) ; in-8.
Jolie pièce.

239. **(Le Couteulx).** — 6 pièces différentes dont une du XVIIe siècle et une par *Jacques*.

240. **Le Daulceur** (Mme), *par elle-même*, d'après *Bouchardon*. — Mme la comtesse de Mellet, sa sœur, *par les mêmes*. — Ensemble 2 pièces.
Déchirure à la première pièce.

241. **Le Febvre** (Elie), gr. par *Bon*.

242. **Lemoine,** instituteur de la jeune noblesse (par *Aug. de Saint-Aubin*, d'après *Marillier*) ; petit in-folio.
Belle épreuve sans grattages.

243. **Le Noir** (l'abbé), conseiller au Parlement. — J.-N. Le Noir. — Ensemble 2 pièces.

244. **Le Normant** (Jean), évêque d'Evreux. — 2 variantes in-12 et petit in-4.

245. **(Le Pelletier de Martinville).** — 2 pièces différentes par *François*, in-12 (très légèrement froissée), et in-4 en largeur.

Rares.

246. **(Le Roux d'Esneval).** — 4 pièces différentes.

247. (**Le Sens**, sieur de Morsan), conseiller au Parlement de Rouen, par *Gouël*.

248. **Le Vavasseur** (Léon).

Curieuse petite vue de bibliothèque.

249. **Lichtenauer** (Fr.-X.), officier retiré du Régiment de Nassau : in-12 en largeur.

Ex-libris manuscrit dans un cartouche gravé.

250. **Lisieux** (Bibliothèque du Chapitre de).

251. **Longaulnay** (en Normandie).

Jolie pièce.

252. **Lucas** (T.-G.), docteur en Sorbonne et chanoine à Rouen. — Lucas de Saint-Ouen, conseiller au Parlement de Rouen. — Ensemble 2 pièces.

253. **Lyon** (MM. les comtes de).

Epreuve à toutes marges.

254. **Macé** (P.). — 2 pièces in-8.

Les armoiries rappellent celles de Gondi de Retz. — Une des épreuves est avant la lettre et porte le nom manuscrit de *M. de Neuvillette, à Paris;* chacune est entourée d'un encadrement différent, tiré en rouge au pochoir.

255. **Margue** (D.) : sans aucun nom ; avec nom manuscrit ; Margue ; *Margiec*. — 4 variantes.

256. **Marsan** (le Prince de Lorraine —) ; grand in-8.

257. **Marsollier des Vivettières** (Benoît) ; petit in-8.

258. **Mascrany** (François-Marie de). — 2 pièces différentes dont une gr. par *J.-B. Scotin*.

259. **Maton de la Varenne** (Pierre-Anne-Louis), ancien avocat au Parlement. — 2 variantes.

260. **(Mayeux).**

Curieuse pièce à rébus.

261. **Meheust**; petit in-8.

262. **Meulan** (C.-J.-L. et P.-L.-N. de). — 2 pièces différentes.

263. **(Meyran**, baron de Nans et marquis de Lagoy), par *Michel*, à Arles, en 1727.

C. Eisen del. N. Lemire sculp.

N° 270 du Catalogue.

264. **Michaud** (J.-B.), député de Pontarlier à la Convention nationale ; 1791.

Jolie pièce révolutionnaire.

265. **(Michel de Léon)**. — 3 pièces différentes dont une in-4 et une gr. par *Dejean*.

266. **Midy** (L.-E.) ; 2 variantes. — MIDY DE LA GRAINERAIS. — MIDY DU PERREUX ; 2 variantes. — Ensemble 5 pièces dont une par *Jacques* et deux par *Gouël*.

267. **Molinier** (Jacques), 1693-1750 ; petit in-8.

268. Mondésir (Thiroux de), maréchal de camp, gr. par *Mme Le D.* (*Le Daulceur*), d'après *H. Gravelot*; in-8.

Très rare épreuve à toutes marges, *tirée sur papier bleu.*

269. Mongez (J.-A.), chanoine de Sainte-Geneviève.

Jolie pièce, finement gravée.

270. (Monteynard), gr. par *Le Mire*, d'après *Ch. Eisen* pet. in-8.

Très belle et très rare pièce.

N° 274 du Catalogue.

271. Montholon (Monseigneur de); in-16.

272. (Montmorency-Luxembourg) (duchesse de), née des Laurent de Brantes.

273. Montmorin (Saint-Hérem) (le comte de); in-8.

274. Moreau (J.-B.); in-12 en largeur.

Très curieuse et très rare pièce.

275. (Motteville), par *R. Hammerville*; petit in-8.

276. Mouchard (François). — (Attribué à MOUCHARD); 4 variantes, dont deux par *Decaché*. — Ensemble 5 pièces.

277. **Nélis** (Corneille-François de), gr. par *Tardieu,* d'après *J.-B. Piauger* ; petit in-4.

Premier tirage, avec *Mechliniensis,* au lieu de *Episcopi Antverpiensis,* au dessous du nom.

Epreuve tirée en sanguine ; petite tache et légère déchirure à l'un des coins.

278. **Palisot** (Ambr.-Alex.) ; in-8. — PALISOT D'ATHIES. — Ensemble 2 pièces.

279. **Palisot** (Jean-François) ; 2 variantes in-12 tirées *en bleu* et *en sanguine* et une in-8 en noir. — Ensemble 3 pièces.

N° 284 du Catalogue.

280. **Parent** (J.-B.-Jos.), conseiller du Roy ; in-8.

Epreuve à toutes marges.

281. **Phalempin** (Abbaye de), diocèse de Cambrai, par *Vandesipe*, à Douai ; in-8.

282. **Pichault de la Martinière** (Germain), conseiller du Roi ; in-8 ovale.

283. **Plantard de Flibeaucourt** (Paul).

Jolie pièce.

284. **(Poisson de Marigny).** (le marquis), gr. par *N. Le Mire,* d'après *Descamps* ; in-12 en largeur.

Superbe pièce ; très rare.

285. **Polverel** (de), écuyer et avocat au Parlement, par *Pallière*; petit in-8.

286. **Pons** (le Prince de), de Lorraine; petit in-8.

Epreuve à toutes marges.

287. **(Pons de la Chataigneraye)** (Mlle de); in-8 en largeur.

Rare.

288. **Pontus** (B.), avocat au Parlement de Normandie; in-8. — De Rumare; 2 variantes in-12 et petit in-8. — Grégoire de Rumare. — Ensemble 4 pièces.

Trois pièces représentent des bibliothèques.

289. **Porte d'Amblerieu** (de); in-8.

Jolie pièce. — Le nom du titulaire est barré à l'encre.

290. **Prémontré** (Bibliothèque de). — Bibliothèque du Collège de Prémontré (rare). — Ensemble 2 pièces.

291. **Pringy** (Raymond de), secrétaire du Roi. — 2 épreuves dont une *avant la lettre*, avec le nom manuscrit.

292. **(Pucelle)** (l'abbé René), par *Tardieu fils*.

293. **Puech** (Jean-Pierre-Louis del) (en latin *de Podio*), seigneur de La Loubière, gr. par *Roy*, en 1750.

294. **Quiefdeville de Belmesnil** (C.-Ad. de), chanoine à Rouen, par *Duplessis*: petit in-8.

Superbe épreuve tirée grand in-8.

295. **Rohan** (Armand-Jules de), archevêque de Reims. — Mme la Princesse de (Rohan-) Guemené. — Ensemble 2 pièces.

296. **(Rothelin)** (Charles d'Orléans, abbé de); petit in-8.

297. **Rouen** (Collège archiépiscopal de Bourbon à); in-4.

298. **Rouen**: *Maison Saint-Antoine, à Rouen*: 2 variantes. — *Bibliothèque des Carmélites de Rouen*. — Ensemble 3 pièces.

299. **(Rouillé du Coudray)**. — (Rouillé de Boissy): 3 variantes, dont une par *Tardieu*. — Ensemble 4 pièces.

La première pièce est du XVIIe siècle.

300. **(Saint-Edmond)** (Bénédictins anglais de), à Paris gr. par *Strange*, d'après *Ch. Eisen*.

Rare.

301. **Saint de La Soudextrie,** conseiller en la Cour des Monnoyes de Paris : in-8 carré.

302. **Saint-Maurice** (de). — 3 pièces différentes.

303. **Saint-Paër** (Monsieur et Madame de).

304. **Sanlot de Bospin,** fermier général. — 3 variantes dont deux in-16 et une in-8.

L'une des petites pièces est accolée de *Saulette de Buchelay*.

305. **(Saulx de Tavannes)** (Nicolas), archevêque de Rouen; grand in-folio.

Superbe pièce, très rare. — Epreuve à toutes marges.

306. **Saunier** (Louis-Pierre), par *Chollet*; in-8.

307. **Secousse** (Denis-François), avocat au Parlement; 2 variantes. — François-Robert Secousse, curé de Saint-Eustache. — Ensemble 3 pièces.

308. **(Séguier),** par *Branche*; in-8 ovale.

309. **Silva,** maître des Requêtes. — 2 variantes in-12 et in-8.

Petite déchirure à l'angle d'une pièce.

310. **Simon** (Jules-Hubert), prêtre, par *Françoise Diemare*, 1768.

Rare.

311. **Sirejean** fils, gr. par *Colin*, en 1754.

Jolie composition. — *Premier état* : le nom seul dans le cartouche.

312. **Sirejean** fils, gr. par *Colin*, en 1754.

Deuxième état : Sirejean fils du Reclus. 1764.
Légère mouillure.

313. **Soubry** (J.-A.-J.), trésorier de France ; petit in-8.

314. **Talegrand** ; petit in-8.

315. **Théry de Gricourt,** gr. par *A. Théry*, à Cysoing, en 1746 (?) ; in-8.

Charmante composition ; rare.

316. **Thibault,** conseiller d'Etat, procureur général de la Chambre des Comptes, gr. par *Collin*, à Nancy, en 1756.

Très jolie pièce.

317. **(Thiroux de Crosne),** (par *Gouël*) ; grand in-8.

Belle épreuve à toutes marges.

318. **(Thiroux de Crosne),** par *Gouël*, 1778 ; in-4.

Très belle pièce entièrement différente de la précédente.

319. **Toustain** (le Vicomte de), par *Ollivault* ; petit in-8.

Jolie pièce.

N° 315 du Catalogue.

320. **Turgot** (Dominique-Barnabé), évêque de Séez ; 1716 et 1717. — 2 variantes in-12 et in-8.

321. **(Valory)** (le comte de), gr. par *lui-même*, d'après *F. Boucher* ; in-8.

Jolie pièce ; rare.

322. **(Varablière de Brieux ?).** — 2 variantes.

323. **Vaucresson** (de), avocat général. — VAUCRESSON DE CORMAINVILLE : 1743. — Ensemble 2 pièces in-12 et petit in-8, gr. par *Beaumont.*

324. **Verchère de Reffye** : in-8.

Un mot (*Domini*) à moitié gratté.

325. **Victoire de France** (Madame), fille de Louis XV (gr. par *C. Baron*).

Épreuve un peu courte de marges.

N° 327 du Catalogue.

326. **(Villeneuve,** comte de Vence**)** ; petit in-4.

327. **(Villeneuve-Vence),** gr. par N. *Le Mire*, d'après *J.-B. Descamps* : in-12 en largeur.

Très belle et très rare pièce.

328. **Villers** (J. C.), par *Ollivault*, à Rennes.

329. **Vintimille** (Madame de).

330. **Voyer d'Argenson** ; 3 pièces différentes ; dont une in-8. — (Marquise de VOYER D'ARGENSON, née de Mailly). — Ensemble 4 pièces.

331. **Vrogilles**; in-12 en largeur.

Ex-libris militaire. — Jolie pièce.

332. **Wild** (le chevalier de), officier major aux Gardes Suisses.

333. **Xaupi** (l'abbé Joseph), par *Avisse*, 1750; petit in-8. — 2 variantes.

334. **Ycard** (Charles), conseiller au Parlement de Dombes; in-8.

Belle épreuve à toutes marges.

---

335. **Aigrefeuille**. — Blouet de Camilly, évêque de Toul; in-4. — Charles de Brosses; in-8, par *Durand*. — Canelle (de la Lobbe). — C. de Canclaux. — (Catherinot). — (Desaulle). — Ducoudray. — J.-F.-L. Fleury, gr. par *L. F.* — Fizeaux fils. — Fumechon. — Garselle. — Hébert, rect. de Mortaux. — (Houel de Houelbourg); in-8 (épreuve légèrement détériorée). — Ensemble 14 pièces.

336. (**Albert d'Ailly**, duc de Chaulnes); 2 variantes. — (Aligre). — (Andrault de Maulévrier). — Richard d'Aubigny. — Aubin. — Lud. Aubret. — (Bachelier). — (Ballière). — C. Ballière, par *Jacques*. — L. Barbe. — J.-B. Barbe. — Ensemble 12 pièces.

337. **Aligny** (Saint-Germain, marquise d'). — Arcelin. — Bourgongne, par *Roy*. — (Brevedent de Sahurs). — Brigeat de Lambert. — (Changy). — (Courtin de Billy). — Du Coetlosquet. — (Du Quesnoy). — L'abbé Duquesnoy. — Duvergier. — (Fléchier?). — Ensemble 12 pièces.

338. (**D'Anneville**). — Aubaret. — Aubrée. — Aymeret de Gazeau. — Badin de Saint-Aubin, par *Chollet*. — Jean Behotte; 1713. — De Bonneval; 1733. — Th. de Borden. — Botereau. — Boullenger; 2 variantes. — J. Bowens, par *Merché*, à Lille, en 1772. — Ensemble 12 pièces.

339. **Baron** (Th.); 2 variantes. — Jos. Barré; 1747. — Ch. de Basch, par *Scotin*. — Baudelot. — (Baullart d'Angirey); 2 variantes. — (Beaudoin du Basset); 2 variantes. — De Beaufort. — De Bellaud; 2 variantes. — Ensemble 12 pièces.

340. **Belle-Hache** (de). — N. D. de Bellosanne. — (Belloy de Candas). — (Benavent). — (Benoist). — Beraud. — Berger du

Mesnil. — (Bernard de la Vernette) ; 2 variantes, dont une par *Louise du Vivier*. — Bieswal, par *Vacheron* ; 1769. — De Bièvre ; 2 variantes. — Ensemble 12 pièces.

341. **Blouet de Camilly.** — Boileux, par *Malbeste*. — Bordier. — Boscheron, gr. par *Berthault* ; 1777. — (Bossuet). — Bouché d'Urmont. — Bougainville. — Bouju, gr. par *Desmaisons*, d'après *L. Chenu*. — Boula de Montgodefroy. — Boula de Paris. — Ensemble 10 pièces.

342. (**Boullongne**). — Bourlier l'aîné : 1750. — Bourgevin ; 2 variantes. — Boyveau. — (Brancas) de Forcalquier. — Bretin. — Brochant. — Brochant du Breuil, gr. par *Mathey*. — De Broglie. — (Brulart) ; 2 variantes. — Ensemble 12 pièces

343. **Bronod**. — Bullier. — (Bullion). — (Bulliourd). — Busquet. — Cadet. — (Cairol de Madaillas). — (Calonne). — (Campaigne de Plancy). — Camelin. — Carron, prieur de Bellevaux. — (Castanier d'Auriac). — Ensemble 12 pièces.

344. **Bunault de Frémont**. — B. Cahuac. — Chappron. — (Coetlogon). — Ant. Cormond. — Costard de Bursard ; 1774. — Damours. — (Desains). — Desloges. — Djeres ; 1752. — Fr. de Paule de Dompierre. — Du Lac fils. — Du Liège. — L'abbé Durand. — Ensemble 14 pièces.

345. (**Cayeux**). — (de Caze). — de Celon. — (de Chabannes). — de Chambon. — (Chamillart de la Suze). — Chapais. — (Chastellux). *C. Berain*. — Chaumejan. — P.-Ant. Convers, par *L. Monnier* ; 1762. — Ensemble 10 pièces.

346. (**Chavagnac**). — Chavaudon. — Chefd'hostel, par *Gouël*. — Armand Chevallié. — Cinier. — (Clermont-Gallerande). — Cochin. — Cochon. — Colas de Malmusse. — Collin. — Coquereau. — Corbeard. — Ensemble 12 pièces.

347. **Coste de Champéron**. — Daniel Cottin ; pet. in-4. — Cottin de Fontaine, gr. par *Guillaume*. — de Crèvecœur. — Darmand, major de Lille. — Decaquelon ; in-8. — Michaël De Lacour, 1727 ; in-8. — Delaleu, par *Fr. Montulay*, 1754 : in-8. — (Damours ?). — Delessert. — Ensemble 10 pièces.

348. **Damas d'Anlezy**. — Damours. — Dampoigné. — Delamichodière. — Delignières de Bommy. — Delisle. — Denis. — Desains. — (Des Hayes de Forval). — Deslignerls ; 2 variantes. — Desprez de Roche, par *Lordonné*, à Dole. — Doyen ; 2 pièces différentes. — Ensemble 14 pièces.

349. (**Des Ruaux**, abbé de Sellières). — Develle de Villette. — D'Hyenville, par *Violle*. — Douglas. — Du Bois. — (Du Bois de Meyrignac (couronne raturée). — (Du Gardin de Biville ?). — (Comtesse Du Moustier de Vastre). — Du Not de Vieux-Pont. — Du Parc. — Ensemble 10 pièces.

350. **Du Douet** (Ph.). — Ch. Du Boutet. — Ant. Du Chesne, par *C.-M.-M.* — Du Pont de Romémont. — (Dupuy). — (Du Raget de Champbonin). — Durand, à Senlis. — Durey de Noinville. — (Durey de Sauroy). — Henry Du Rosnel; 2 variantes. — Duterte. — d'Enfrenel. — Louis d'Espiennes. — Ensemble 14 pièces.

351. (**Du Resnel**). — Fouché. — Godes de Varennes, par *Allin*. — Hennot de Théville. — Hoisnard. — (Hue de Caligny). — (Hue de Miromesnil). — (La Haye d'Anglemont). — Comte de Lannion. — Latour-Montfort. — (Le Cerf). — (Le Dru). — (J. Le Dru ?). — La Présidente (Le Pelletier) de Rosanbo. — Le Planquois. — Ensemble 15 pièces.

352. **Estampes** (L. d'). — (Estavayé). — (d'Estienne). — Faventine de Fontenille, par *P.-L. Cor*. — Feville: 3 variantes, dont une par *Durand*. — B.-Ch. Fevret de Saint-Memin. — (Ficquet du Bocage), gr. par *Gamot*. — Mme la Marquise de Fleury. — Le chevalier de Folard; 2 états dont un *avant la lettre*. — Ensemble 12 pièces.

353. **Floncel**. — (Flurand de Rancé). — Formentin, par *Chollet*. — Fortin. — Fossier de Lestart. — (de Foulon). — J.-B. de Fouquet. — de Fourcy. — Fréval. — Gaillard, par *Jacques*. — (Gayardon). — (Gérente de Sénac). — Ensemble 12 pièces.

354. **Foache**. — (Galard de Béarn). — Gaultier de Montgeroult. — Guilleron; 2 variantes dont une par *Jacques fils*. — D'Helland, gr. par *Gossard*. — Herambourg. — D'Hermand. — (Héron de Villefosse). — (Mme Jubert de Bouville). — La Maillardière. — Le Cornier de Cideville; 1768, gr. par *Bacheley*. — Ensemble 12 pièces.

355. **Germiny** (de). — Ghesquière de Limbreck. — (Girardot de Préfonds). — Gabriel de Glatigny. — Godard. — Godefroy, par *D. C.* — De Goderville. — (Goislard). — J. Gosselin, par *Wallaert* (petite déchirure). — Gougenot. — de Gourgue. — (Goyon) de Thorigny. — Ensemble 12 pièces.

356. **Gravelle de Fontaine**. — de Gresseny. — Guymonneau, in-8. — D'Hailly. — (Harouis). — (Hémery). — Hemey. — Héricourt. — Houdemare. — (Hugon). — Hurson : 2 variantes. — (Imbert). — Ensemble 13 pièces.

357. **Henrion**, par *Cl. Roy*. — Jacquin. — Jaillot. — J.-Fr. Jamart. — Jourdan. —Labastie. — (La Bonde d'Hyberville). — La Brulerie. — (La Chapelle du Boucheron). — L'abbé de La Fare. — Ensemble 10 pièces.

358. **La Briffe de Préaux**. — (La Cropte) de Bourzac. — (Languedoc). — de La Niepce d'Anneville. — Aloys, comte de La Rosée, gr. par *lui même* en 1769. — Le Camus de Néville (un peu détérioré). — Ménard de Saint-Just. — D. Mignon. — Ant. Moreau. — (Papillon). — Château de Romance — Louis de Saussin. — Valesque. — Ensemble 13 pièces.

359. **La Cressonnière**. — La Cropte de Bourzac — Bibl. de La Fenestre. — La Jonchère. — Lalaure. — Lalive d'Epinay. — Lallemant de Betz. — (Laloge du Bassin). — Langlois de Louvres, par *Villers*. — La Porte, vicaire de Bordeaux. — Larcher. — La Tourette. — Le Bourg. — L'Ecuy. — Ensemble 14 pièces.

360. **La Maillardière**, par *Legrand*. — Comtesse de Langeac, 1754. Michel Lardet. — (Lattaignant). — (Lautrec). — Lavoisier, par *de La Gardette*. — Le Bas de Préaux. — C. Le Blanc. — J.-B. Le Boiteux. — Nic. Le Boucher, par *Decaché*. — Ensemble 10 pièces.

361. **Le Boucher de Richemont**. — Le Chevallier. — St. Le Cordier. — Le Doux : 2 variantes dont une in-8 gr. par *Coutellier*. — Le Dru. — (Le Gendre de Romilly). — Le Large d'Eaubonne. — (Le Mesre de Pas). — J.-B.-C.-M. Le Moine, avocat au Parlement de Normandie. — (Le Peigné d'Oumésnil). — (Le Pelletier de Saint Fargeau). — Ensemble 12 pièces.

362. **Le Prince** (P. N.). — Le Roy, par *Jacques*. — Le Sage. — Le Seigneur. — Le Tellier de Courtanvaux. — (Le Tellier de Souvré). — Le Thieullier. — Le Tors de Chessimont ; 2 variantes. — Le Vacher du Plessis. — Le Veneur. — (Mainsonnat). — Ensemble 12 pièces.

363. **Le Vacher** (Salvator). — Le Tellier de Brothonne : 1732. Loppin de Montmort. — Lucas de Saint-Ouen. — (Merle d'Ambert du Livradois). — (Mouchard ?). 2 variantes, dont une par

Decaché. — Neveu du Plessis. — J.-B. Orange. — Pigeau. — J.-B. Pinel. — (Pinteville de Cernon). — (Poerier d'Anfreville?). — Pollet. — Ensemble 14 pièces.

364. **Lusignan**, par *Beugnet*. 1769. — Carmes déchaussés de Lyon; in-8. — Lyvet d'Arantot : 2 variantes. — Mailly. — (Maneval). Maranville. — Marescot, par *Duplessis*. — Ant. Mariane. — Marin. — Maury. — Ménage de Mondésir. — Ensemble 12 pièces.

365. **Mennesson**. — Merigny. — Michau de Montaran : 2 variantes. — Millin de Grandmaison. — Mionnet. — Maison des Missions, à Versailles. — P.-Alex. de Mohr. — Rogier de Monclin. — De Montfleury. — E. Monin l'aîné. — (Montesquiou). — Ensemble 12 pièces.

366. **Merval** (Marye de). — (Orry de Fulvy). — Jos. de Paris; 1733. — Pelée de Varennes. — Michel de Pommereu. — Pontois. — Quentin de Morigny. — J. de Quinsonas. — Rigoley de Juvigny. — (Segonzac ?), par *Baumès*. — Soquence. — (Telles d'Acosta). — (Varaigne de Gardouch), par *Nonot*. — Villemur. — Ensemble 14 pièces.

367 **Moreau de Coeffy**. — Morel de Peisses. — (Moreton de Chabrillant). — (Moulinneuf), gr. par *lui-même*. — Mouton-Fontenelle : in-8. — Murat. — Myette. — Nadaillac. — (Narbonne-Lara). — (Pajot), gr. par *Chaumier*. — Ensemble 10 pièces.

368. **Nicolay**. — Palmes d'Espaing, par *Helman*. — Papion. — Pasquier de Messange : 1792. — Pastoret. — Payan ; petit in-4. — Perchel, gr. par *Gouël*. — Henri et François Petit : 2 pièces. — Peysson de Bacot. — (Phélypeaux) de Pontchartrain. — (Pianello de la Valette). — Ensemble 12 pièces.

369. **Philippe** (J.-B.). — Picot de Closrivière. — (Pignatelli d'Egmond). — Pigou. — Pihan de la Forest. — (Pillury). — Pinseau de La Menardière. — Postic, par *Baumès*. — (Potier de Gesvres), — (Poulhariez de Cavanac). — Poulletier : 1772. — Ensemble 11 pièces.

370. (**Preissac d'Esclignac**), par *Lussaut*. — Gabriel de Provost. — (Quintanadoine de Bosguerard). — Renault. — Soufflot. — Surbeck, aide-major aux Gardes Suisses. — Thiboutot. — (Thorel de Bonneval), par *Gouël*. — Titon d'Orgery. — Touchet de Beneauville. — de Veauville. — Vernimen. — Deux Anonymes. — Ensemble 14 pièces.

371. **Quarré de Monay** ; 1776. — Quillebeuf, par *Goüel*. — Ameline de Quincy. — Raussin. — Reynolds, gr. par *Striedbeck* ; in-16. — Rians, 1738. — (Richelieu, duc d'Aiguillon) : 2 états. — (Rigoley de Juvigny). — (Robethon). — Ensemble 10 pièces.

372. **Robilliard**. — Gabriel Rolland. — Ronssin, gr. par *Jacques Roquencour*. — (Rosen), par *Striedbeck*. — Claude-Bernard Rousseau. — Roussel. — Fr. Roux (nom raturé). — (Ruau du Tronchet). — Aimé de Saint-Didier, par *E. Voysard*. — Saint-Pol. — J.-B. de Saint-Port. — Ensemble 12 pièces.

373. (**Sartine**). — Saussaye. — Vicomtesse de Ségur. — Seguret, chanoine d'Alais. — De Serans. — (Talon) — (Mme Talon, née Chauvelin). — J.-M. Terray. — Le chevalier de Théville. — Thierry de Villedavray, par *Colinet*. — Ensemble 10 pièces.

374. **Thiroux d'Arconville**, gr. par *Mme Le D.* (*Le Daulceur*), d'après *Gravelot*. — (Thiroux de Mondésir. — Ch. de Tilly. — Jac.-Ol. Vallée, gr. par *Beaumont* ; 1730. — Claude de Vassy, par *J. Toustain*. — (Verthamon). — Alex.-Greg. Vichet. — Vichy. — Villarceaux. — (Villevault) — C. de Voulges. — Ensemble 11 pièces.

375. **Anonymes** (Monogrammes). — 10 pièces, dont deux gr. par *Dieu* et une par *Tardieu fils*.

376. **Anonymes**. — 13 pièces, dont une gr. par *J. Gamot*.

377. **Anonymes**. — 14 pièces.

378. **Anonymes**. — 15 pièces.

N° 1118 — V.

Tours, imp. Tourangelle.

Ouvrages de M. le Cte Godefroy de Montgrand

Liste des Gentilshommes de Provence qui ont fait leurs preuves de noblesse pour avoir entrée aux Etats tenus à Aix de 1782 à 1789, publiée pour la première fois d'après les procès-verbaux officiels, par le comte Godefroy de Montgrand. *Marseille*, 1860, in-8 de 2 ff. prél. et 57 pp. plus une pl. hors texte, pap. vergé, br. **1** »

Armorial de la ville de Marseille. Recueil officiel dressé par les ordres de Louis XIV, publié pour la première fois d'après les manuscrits de la Bibliothèque Impériale, par le comte Godefroy de Montgrand. *Marseille*, 1864, gr. in-8 de 1 f. prél. contenant les armes de l'auteur, front. gr. 443 pp. et 2 ff. non ch. papier vélin, *nombreux blasons*, br. .... 5 »

— Le même ouvrage, sur GRAND PAPIER DE HOLLANDE. **10** »

Histoire Généalogique de la Maison Ruffo, par Filadelfe Mugnos, traduite de l'italien par le comte Godefroy de Montgrand de la Napoule, gentilhomme provençal ; avec annotations et continuation jusqu'à ce jour pour les deux branches napolitaines des princes de Scilla et de Sant'Antimo-Bagnara, suivie de la descendance à partir de Sigérius Ruffo de Calabre de la branche aînée de cette famille, établie en Provence vers la fin du XIVe siècle ; le tout accompagné des pièces relatives à la famille Ruffo de Bonneval, marquis de la Fare. *Marseille*, 1880, gr. in-8 de 2 ff. prél. non ch. et 518 pp. pap. vélin, portr. et front. en couleur hors texte, 5 tableaux généalogiques pliés, *nombreux blasons* dans le texte, br. .... **4** »

— Le même ouvrage, sur GRAND PAPIER DE HOLLANDE de format in-4.. **9** »

Tous ces ouvrages, imprimés avec luxe, ont été tirés à un très petit nombre d'exemplaires et n'ont pas été mis dans le commerce.

Tours, Imp. Tourangelle, 20-22, rue de la Préfecture.

RED. :

21

www.ingramcontent.com/pod-product-compliance
Ingram Content Group UK Ltd.
Pitfield, Milton Keynes, MK11 3LW, UK
UKHW021514260726
13993UKWH00004B/1670